미니멀 라이프

시작시인선 0213 미니멀 라이프

1판 1쇄 펴낸날 2016년 8월 24일
지은이 이해리
펴낸이 이재무
책임편집 김연필
디자인 이영은
펴낸곳 (주)천년의시작
등록번호 제301-2012-033호
등록일자 2006년 1월 10일
주소 (04618) 서울시 중구 동호로27길 30, 413호(묵정동, 대학문화원)
전화 02-723-8668
팩스 02-723-8630
홈페이지 www.poempoem.com
이메일 poemsijak@hanmail.net

ISBN 978-89-6021-287-9 04810
978-89-6021-069-1 04810(세트)

값 9,000원

*이 책의 국립중앙도서관 출판시도서목록(CIP)은 서지정보유통지원시스템 홈페이지(http://seoji.nl.go.kr)와 국가자료공동목록시스템(http://www.nl.go.kr/kolisnet)에서 이용하실 수 있습니다.(CIP 제어번호: CIP2016019487)

미니멀 라이프

이해리

천년의
시작

시인의 말

시가 財貨였다면 나에게 오지 않았을 것이다
그 빈한한 순정을 사랑하였다

차례

제2부

제3부

제4부

해설

제1부

가을비 오는 밤엔

가을비 오는 밤엔
빗소리 쪽에 머릴 두고 잔다
어떤 가지런함이여
산만했던 내 생을 빗질하러 오라
젖은 낙엽 하나 어두운
유리창에 붙어 떨고 있다
가을비가 아니라면 누가
불행도 아름답다는 걸 알게 할까
불행도 행복만큼 깊이 젖어
당신을 그립게 할까
가을비 오는 밤엔
빗소리 쪽에 머릴 두고 잔다

풀밭

내가 소녀였을 때
네 잎 클로버 찾다가 풀밭에 누우면
내 몸 받은 풀이 향기를 풍겼다
산들바람 불어 하늘을 보면
내 눈길 받은 하늘이
하얀 목화 구름을 뭉게뭉게 풀었다
저 산 너머 새파란 하늘 아래는
무언지 그리운 것이 강물로 흐르고
사공의 삿대에서 떨어지는 물소리
교정에 새로 지은 음악실에선 소녀들의 합창이
보리밭 종달새 되어 반공에 솟구쳤으므로
내 삶은 맑고 향기로운 것으로 가득 찰 것 같았다
무엇이든 될 수 있을 것 같고
누구에게나 사랑 받을 것 같았다
그 때 그 느낌 그 때 그 향기
그 때 그 순정에 때 묻을까
두려워하며 살다 보니
지금도 소녀 같단 소리를 듣는다
찬사인지 독설인지 모르지만
푸른 초원처럼 막연한 그리움으로도

가슴 부푼 아련한 꿈 밀어 올리던 풀밭,
어디로 갔을까

살인 진드기, 슈퍼 박테리아
풀밭에 마음대로 눕지도 못하는 세상 넘겨주고
그 맑고 향기롭던 것들은 어디로 갔을까
어디로 갔을까

바람과 현수막

빌딩에 매달린 현수막이
미친 듯 울부짖는다
바람 세차게 부는 날
귀신 곡하는 소리를 낸다 퍽퍽
벽을 때리며 돌덩이 던지는 소리를 낸다
어마어마하다 무섭고 괴상하다

머물지 않으려는 자를
억지로 품어 안은 자의 괴로움,
들어주기엔 지나치게 사납다

죽어도 떠나야겠다는 자와
죽어도 못 보내겠다는 이의
팽팽한 절규

사랑에는 더 집착하는 이가 약자,
온몸이 얇은 가슴뿐인 현수막
차라리 내 가슴 찢어놓고 가라
사생결단 울부짖는 소리에
귀 얇은 내 잠은 밤새 안절부절이다

별똥별

하늘에 자리 잡고 있으면 별
땅으로 추락하면 똥

그래서 별똥별

별들도
하늘에서 밀려나지 않으려고
밤마다 홀로 글썽이나 보다
자존심과 절망감과 불명예 사이에서
날마다 엄청난 긴장과 불안에
시달리나 보다
과중한 괴로움 견디다 견디다
가슴에 불을 품고 그만
뛰어내리기도 하나 보다

입에는 못의 요소가 있다

알을 입에 머금고 부화 시키는 물고기도 있다
알을 머금고 있는 동안 아무것도 못 먹어
새끼가 깨어나면 자신은 죽고 만다

새 아파트에 이사해 창문에 블라인드 다는데
시공하는 아주머니가 한 움큼 나사못을 입에 털어 넣는다
사다리에 올라가 입에서 꺼낸 못으로 천정 구멍을 죈다
까닭을 물으니 입 속이 가장 안전하단다
아무래도 그녀의 안전은 아닐 듯하다

입에 못 박지 않으면 흔들리거나 분실되고 단절되는
삶이 도처에 있다 입에는 못의 요소가 있다
입을 가진 자는 사는 일이 아플 수밖에 없다

어느 날의 열차표는 역방향이다

케이티엑스 타고 간다
역방향에 앉아 차창 밖을 내다본다
다가오는 것들은 모두 지나간 것이다
지나가는 것들만 보며 간다
보이는 게 한물간 것뿐인데
새로운 것을 찾아간다

같은 시간 같은 목적지를 향해
전속력으로 달리는 게 생이라면
나는 출발부터 누군가에게 밀렸음이다
불리한 여정 차별 받은 좌석, 이건
자연스레 피 돌리는 내 박동과는 다른 일
여학교 때 단체로 맞춘 교복 중
내 것에만 나 있던 흠집과도 다른 일
남들이 눈으로 세상을 바라볼 때
등으로 세상을 더듬어야 하는가

내 자리 비좁고 속 울렁거려도
순방향으로 꾸고 싶은 꿈 하나는
고속 레일보다 뜨겁다

등으로 더듬는 길 덜컹거리며 가지만
도착하면 그뿐, 누가
타고 온 방향을 묻겠는가

가을

물은 차고 푸르다
차고 푸르고 편편한 수면 위에 낙엽이
한 잎 두 잎 날아와 눕는다
등이 서늘한 휴식,
나는 나의 쪽배를 타고
빈 방에 돌아와 눕는다

끌어다 덮어도 덮이지 않는
못다함으로 날이 저문다
저문 들판이 불빛을 켜든다
모두 눈물빛이다
눈물빛 속에서 열차 달리는 소리가 들린다
누군가 내 곁에서 떠나갈 것 같다
붙잡을 수 없을 것 같다
어디선가 휑한 바람이 불고 나는
어찌할 줄 모르는 내 마음을 들고
빈 방에 돌아와 눕는다
등이 서늘한 휴식이다

가을 주행

그대가 내 앞을 달려가면
나의 바퀴 아래서도 화르르
은행잎 떼가 달려나옵니까
결 고운 그대 머리 위에
몇 잎은 노랑나비처럼 살포시
내려앉기도 합니까
가을은 깊어 누군가는 낙엽이 되어
북대구 인터체인지쯤에서
이별의 악수로 손을 내밀기도 합니까
바싹 마른 그대 손을 부여잡고 나는
올해의 가장 촉촉한 눈물을 글썽여야 합니까
우리 해마다 한 번은
거역할 수 없는 이별을 갖는다 해도
계절을 보내는 의례일 뿐
영영 헤어지는 별리는 아니기를……

내 몸에도 밝기가 있다면

가을, 물든 은행나무 서 있는 곳은
어디나 환해서 사람이 그리웠습니다
사랑한다 사랑한다 노래하는 사람이 아니라
곁에 서 있기만 해도 내 얼굴 환하게 하는 사람
그런 사람과
은행나무 숲길을 걷고 싶었습니다
잎잎이 물든 대지도 올려다보고
푹신푹신 내려쌓인 하늘도 내려다보며
인적 없어 나누기 좋은 아름다움도
주고받고 싶었습니다
톨스토이나 헤밍웨이의 낡은 서재
램프 불빛 같은 은행잎 주워들어 우리들 금빛
사색도 비춰보고 싶었습니다
내 몸에도 밝기가 있다면 꼭 그만큼의 밝기로
당신 곁에 켜지고 싶었습니다

은모래

하동 갔다 돌아온 가방에서 좌르르
은모래가 쏟아진다
가을 섬진강 변을 살짝 걸었을 뿐인데
가방에 언제 묻어 따라왔을까

토지의 작가 박경리 선생이
여인의 살갗처럼 부드럽다고 했던 다사강多砂江
강물은 강 속에 남겨두고
내 희미한 안방에 싸르륵 모래소리 부려놓는
이 은빛 사장을 나는 쓸어내지 못한다

어떻게 살아야 하는 걸까
오늘도 누군가의 번쩍이는 음모에 파문 진
내 마음을 종이배처럼 떠내려 보내고
버석거리는 갈대꽃처럼 나부끼다 돌아온다
어떻게 발자국 짚어야
무너지지 않는 모래성이 될까

움켜쥘수록 빠져나가는 것들과
만진 적 없는데도 따라오는 것 사이에

잔금 많은 내 손바닥 펼쳐져 있어
여기까지 따라온 한 움큼 은빛 강변을
밤늦도록 거닐어본다

밤비가 오는가

내 곁에는 아무도 없고
아무도 없는 안과 밖을 살피며
옥수수 잎을 스치는 바람 소리 같은
빗소리 들려온다
빗소리 듣는 것만으로 나는 좋다
무슨 슬픔 같은 것이 스며들어서 좋다
비는 소리만으로도 들뜬 가슴을 가라앉히고
그리운, 미운 이름을 부르게 한다
공연히 누군가를 용서하고 싶게 한다
밤비가 오는가
옥수수 잎을 스치는 바람 같은
소리 먼저 들려주고 밤비가 오는가
밤비가 오면 좋지
빗소리로 닦아놓은 마음에
맑디맑은 슬픔이 스며들면 나는 좋지

빗방울 왈츠

또닥닥 또닥닥
유리창을 짚는 빗방울의 맨발
아무리 다가가도
스며들 수 없는 곳을 짚는 저 맨발들
무수히 다치면서도
무수히 찾아오는 저 맨발들
맑디맑은 마음으로 두드렸으나
열리지 않는 문이 있었다
무수히 찾아갔으나
마음만 다치고 돌아온 길이 있었다
또닥닥 또닥닥
유리창에 떨어지는 빗물이
슬픈 왈츠를 연주한다
비 오는 밤에
맺힌 눈물 부러뜨리며
홀로 추어본 춤이었다

뿌리

풀 뽑다가 나뒹굴었다

가느다란 풀이 사람 하나쯤
거뜬히 튕겨내는 힘

나는 벌떡 일어나서
뿌리 앞에
무릎 꿇고 한참을 들여다본다

한갓 풀이라 해도
질긴 놈에게 관심이 간다
쉽게 뽑히는 놈은 재미 없다

비의

화원에 심어놓은 많은 장미 중에
가장 아름다운 장미에 진딧물이 낀다
장미는 가시를 가지고도 진딧물을 찌르지 못한다
때마침 바람이 불어온다
구원을 청하듯 몸을 내미는 장미,
진딧물을 다 털어줄 듯 흔들던 바람은
금방 지나간다
조금 전보다 더 많은 진딧물이 끼어 있다

알 수 없는 삶의 비의다

나와 남

나의 어여쁨도 나의 미움도
나의 젊음도 나의 늙음도
남이 먼저 아네 나는 모르고
자신인데도 나는 모르고
내 마음인데도 나는 못다 알고
남이 먼저 나를 아네
나는 남의 말을 듣고 나를 아네
남의 눈을 보고 나를 눈치채네
이로부터 떨리도록 두려운 건 남이었네
남보다 두려운 건 나였네

대구선

멀리 있는 것은 아름답고
가지지 못한 것은 목마르다
기다리는 것은 오지 않고
간절한 것은 내 것이 되지 않는다
그리운 것은 떠나보내고
힘겨운 것은 영접하며 사는 동안
견디지 말아야 할 것은 견디고
견디지 못할 것마저 견디며 사는 동안
세월은 바쁘다며 고속으로 떠나가고
열심히 달렸으므로 버려지는 추억만
느린 풍경으로 남아 있다
애착도 병이어서 들판에
동그마니 남겨진 내 귓가로
바람이 분다 풀꽃이 바람에 스치운다

어느 초저녁에

겨울 회화나무 가지에
새하얀 초승달이 정박해 있는 밤
달이 몰고 온 작고 희게 빛나는 배에 올라
어디론가 떠내려가고 싶다
날마다 떠나고 싶었지만
며칠 못 가 돌아오고 마는 달과 같이
날마다 벗어나고 싶었지만
매양 그 자리인 방문 앞 살구나무같이
언제나 나는 영혼의 난민,
잎 하나 안 가진 나목처럼
아무것도 싣지 않은 배와 동행이다
추울수록 빛나는 정신과
얽매이지 않아 풍요로워지는
나를 찾을 수 있다면
난바다를 표류해도
쓸 수 있을 것 같고 살 수 있을 것 같다
괜찮은 시인이 될 것 같고
이마 반듯하고 눈빛 맑은 인간이 될 것 같다

붙박이 생에 뿌리 내린 발목 깊어

저 작고 희고 빛나는 배는
기다려줄 것 같지 않다

너무 오래 기다리게 한 것은 무엇이든
다 떠나고 없었다

늙음에 대하여

늙음은 누구에게나 오는 것
젊어 있는 모든 이의 귀결점

모두들 싫어하는 늙음
모두들 물리치려 하는 늙음을
영접하는 사람을 만났다
그는 말했다
늙음이 그냥 옵니까
늙음까지 당도 못하고
끝나는 사람도 얼마나 많은데요
늙음은 수많은 세월을 인고한
사람만 맞을 수 있습니다
온갖 슬픔과 괴로움의 바다에서 살아
헤엄쳐온 사람에게만 옵니다
어쩌면 꽃다발보다 빛나는 보물인지 모릅니다

그의 느닷없는 해석이
몽돌해변의 몽돌처럼 단단하고 매끈해서
나도 그만 늙음을 영접할 뻔하였다

제2부

하늘논

현충일 무렵 안강들에 서 본다
넓은 들 전부가 무논이다
반듯반듯한 수면에 하늘이 비친다
지상의 논 위에 하늘논이 한 들판 더 생긴다
하늘논에는 푸른 하늘이 담겨 있고 흰 구름도 고여 있다
흰옷 입은 농부가 지상의 논에 들어가 모를 심으면
하늘논에도 꼭 같은 농부가 모를 심는다
흰 구름 속에 새파란 벼 포기를 찔러 넣는다
물에 비친 새의 날개에도 한 포기 넣고 손을 뺀다
농부의 손에 하늘이 묻어 있다
벼농사는 지상의 일만이 아니라는 듯
몰래 내려와서 일 해놓고 돌아가는 하늘논

농사를 지어본 적 없지만
내가 먹은 밥 속에도 저런 논에서 나온
쌀이 있었으리, 가끔 쌀을 씻으면
싸그락싸그락 별 씻기는 소리가 난다
밥을 함부로 먹은 날은 괜히
하늘이 두려웠던 건 그 때문일까

날마다 섭취하면서도 무심했던 경이로움
우연히 지나던 들에서 느낄 때
논두렁마다 피어난 풀꽃에도 엎드리듯
마음이 절을 한다

미니멀 라이프

이른 봄
진달래 가지에 달린 주먹만 한 새집이
눈을 당긴다
풀잎 총총 엮은 둥글고 옴팍한 둥지 안에
새는 보이지 않고 가랑잎 하나가 잠들어 있다

수없이 물어다 날랐을 풀잎 틈틈
콩알만 한 돌멩이도 이따금 끼워놓아
집 짓는다고 애 먹었을 새의 작은 심장과
가엾은 날개를 생각케 한다

산 아래 사람의 마을에선
투기열풍 한창인데
이렇게 공들여 지은 집 부동산에도 안 내고
새는 어디로 갔을까

미니멀 라이프!

지상의 어느 등불 어스레한 마을에선
소유하지 않으면 더

풍요로워진다는 걸 알아차린 이들이 있어
가진 것을 미련 없이 버린다는데
버린 것을 서로 축복한다는데
새도 그 대열에 끼어 갔을까

푸른 잎 화사한 꽃 아직 안 피어도
빈 둥지 안 맑은 바람 살랑거린다

• 미니멀 라이프: 최소한의 삶, 간소해서 행복을 느끼는 삶.

코스모스를 돌아봄

그 시절에
코스모스 꽃길을 걸어가면 좋았다
사랑하는 사람이 조건 없이 좋듯이
코스모스가 피어 있어 그냥 좋았다
그때 코스모스는 지조 높은 정령인 듯 꼭 가을에만 피었다
황금 나락 출렁이는 들길에
기차가 산모롱이 돌아가는 철로변에
교복 입은 학생이 자전거 몰고 가는 오솔길에
어머니 상여 나가던 송정리 뒷길에
한들한들 피어서 나를 불러냈다
코스모스는 나그네와 친하고 싶은 꽃인지
떠도는 내 가까이 가까이 피어주었다
그 가녀린 몸매와 맑은 꽃잎으로
내 몸을 한 번씩 스윽 스쳐주기도 하였다
스쳐주고 제자리로 가는 꽃대궁 속에서
가끔 벌 나비 떼 화르르 날아오르고
이슬도 몇 방울 찰랑 떨어뜨려
내 사랑과 사색과 낭만을 풍성하게 흔들어주었다
이제 코스모스는 가을에만 피지 않는다

코스모스가 아무 때나 피고부터 물질은 풍요해지고
나의 가을은 실종되었다
나의 사랑도 사색도 낭만도 자꾸만 누추해졌다

버드나무

너는 부드러운 나무다
휘휘 늘어진 가지를 가진 나무다
뭇 나무들 직선의 가지를 자랑처럼 내밀 때
만화방창 붉은 꽃 하나 없이도 부드러운 팔을 흔들어
바람의 손을 잡아주는 나무다
연분홍 벚꽃 날리는 호숫가 연두빛 버드나무 한 그루
물을 향해 늘어뜨린 천만사 가지에
병아리 주둥이 같은 새잎 뾰족뾰족 돋아날 때
새잎 달린 가지로 바람을 살랑살랑 흔들 때
나는 그 앞을 떠나지 못한다
그것은 먼 먼 곳에서 차오르는 슬픔 같고
하고 싶은 노래 같고
어디론가 떠나야 할 역마살 같기도 하구나
나무야 나무야 버드나무야
너는 언제나 물을 좋아하고 바람을 좋아하고
멀리멀리 번져나가고 싶어 하고
부드러운 견고함으로 물오른 한 허리를 베어
피리 불며 흐르고 싶어 하는구나
살아 있는 것이 죽음보다 아름다운 건
부드럽기 때문이란 걸 알아

아무렇게나 부는 바람의 손을 잡고도 춤을 추는구나

파도

파도가 으르릉거리는 것은
심장이 요동치기 때문이다
이렇게 살아도 되는지 묻고 싶은데
아무도 대답 안 해주기 때문이다
파도가 달려가는 것은 부서지고 싶어서다
험한 바위 만날수록 아름다운 파도
보아라 한없이 부서지면서,
부서질 때마다 시원해 하면서
한바탕 흰 물꽃다발을 바다에 던지는 파도를
승전보를 전하기 위해 달려온
아테네의 병사 페이티피페스처럼
너에게 전했으므로
죽을 수 있는 몸이다 마음이다
죽어서 영원을 사는 열정이다

늦여름

부추꽃에 흰나비 한 마리 팔랑팔랑 찾아들고 있는 오후다
나비는 부추꽃 작은 방문 열쇠 구멍에 열쇠를 꽂고
팔라당팔라당 쇳대를 돌린다
그 쪼끄만 꽃잎에도 빼먹을 게 있다고 오르락내리락 정신없는데
부추꽃은 마음대로 가져가라고 눈부신 실크 커튼 환히 젖혀 놓는다
쪼끄만 꿀단지 뚜껑조차 활짝 열어준다

잠자리

잠자리는 앉는다
앉으면 다리마저 손이 된다
바지랑대 끝이나 한들거리는 꽃이파리,
막막한 말뚝이라도 꼬옥 붙잡고 앉는다
붙잡지 않은 세상은 헛것일 것 같아
턱밑까지 그러모아 꼭 붙잡은 모습이
참 간절하고 공손하다
그러다가 회의懷疑라도 하는 듯
또록또록 겹눈을 굴린다
금방 놓고 어디론가 날아간다
참 간절히도 잡았던 걸 참 간단히도 놓아
하늘과 땅 사이가 아득하다

벌새

벌새는 일초에 팔십 번 날개 저어
꽃 속에 꿀을 먹는다
먹고 사는 일만큼 고단한 일 있냐는 듯
그렇게 꿀 먹은 힘으로 날개 젓고
날개 젓기 위해 또 꿀을 먹는 무한 반복,
몸 하나 태어나서 몸 하나 멸할 때까지
먹고 일하고 노동하기 위해 또 먹는
그것이 끝이라면, 생의 전부라면
나는 언제 꽃답게 피어보나
어느 때 새답게 날아보나

간고등어 한 손

한물 간 삶은 탄식이 많다는 듯
아, 입을 벌린 고등어 두 마리

속 있으면 속상한다고
속까지 다 빼버린 두 마리

속도 없으면서
속살 깊이 서로를 꼭 끼우고 있는 두 마리

헌 거적때기 같은 육신만 남아서도
혼자는 허허로워
둘이 있어야 하나 보다

소금 이불 바깥으로 비죽이 내민 발가락에
따가운 소금 알갱이만 하얗게 빛난다

개미

개미들이 하는 짓은 다 보인다

그리 튼실하지도 않은 팔다리 치켜들고
서로 엉겨 붙어 죽을 둥 살 둥 싸우는 이유가
과자 부스러기 약간 때문인 것이

한여름 땡볕 아래 땀 뻘뻘 흘리며
애탕지탕 물고 가는 것이
죽은 벌레 날개 한 조각이라는 것이

땡볕에 그을어 새까만 놈들이 납작 엎드려서
하늘이 얼마나 높은지 세상이 얼마나 넓은지
몰라도 좋다는 듯이

과자 부스러기나 죽은 벌레 날개만
생의 관건이라는 듯이
마냥 열심히 열심히 기어가는 것이

신이 사람들 하는 짓을 다 보고 있듯이
개미들이 하는 짓은 일거수일투족 다 보인다

새

옹심이 떠먹고 있는
옹심이칼국수집 수저통 위로
한 마리 새 날아들었다
초록 깃털로 고운 드레스 지어 입은 새
살짝 돌아앉아 먼 곳을 본다
옹심이칼국수는 그 새를 내게 준다
나는 그 새의 먼 곳이 되고 싶어
초록이라 이름 지어주며 날마다 눈 맞춘다
무화과 가지를 꺾어 횃대를 만들어준다
횃대에서 포르릉포르릉
기계체조 하던 발이 빨간 새
똥 치워 주려고 잠시 문 연 틈타 날아가버렸다
우연히 왔다가 홀연히 가버렸다
원래 없었던 것이 없어져 제자리로 왔을 뿐인데
마음에는 자꾸 무화과 나무그늘이 진다
휑한 바람이 분다

흰 봉숭아꽃

허물어진 토담 우묵하게 눈이 빠진 그 집에

어둠이 들어가 살고 있었다

어둠은 세간도 가져오지 않고

떨어져나간 문짝도 갈지 않고

밤에도 불을 켜지 않았다

햇볕이 들어왔다 기겁을 하고 달아나는 그 집 대문간에

흰 봉숭아만 가득 피어 있었다

몇몇 봉숭아는 벌써 흰 눈물 몇 잎을 발등에 떨구고

몇몇 봉숭아는 아직 속눈썹 끝에

조롱조롱 매달고 있었다

자매 같은 꽃들이 희디흰 상복을 입고

집의 임종을 지키고 있었다

저희끼리 처리해야 할 마지막 주검 같아서

언니야 어떡할래, 아우야 어쩌면 좋겠니

촉촉한 눈물 마주보며 지키다가

누가 온다 싶으면 눈물 스윽 닦고

투명한 관절 드러내며 한들거렸다

꽃비 맞고 서 있으면

가진 것 다 주어도 아깝지 않은 사랑 하나 지녔는가
지는 꽃잎이 나에게 묻는다

가진 것 중에서도
가장 귀한 것 가장 좋은 것을 쏟아부었을 때
더 흐뭇해지는 그런 사람 하나 가졌는가
한 번 더 묻는다

대답 못해 머뭇거리는 사이 어떤 꽃잎 하나는
내 뺨이나 속눈썹에 날아와 한참을 머물다 간다

그 연분홍 향내에 그만, 알 수 없는 눈물이 난다

산 속에 가보면

죽은 나무에 날아와 싹 틔운 풀이 있다

살아 있는 나무에 기대어 죽은 꽃나무가 있다

죽음이 떠받치는 삶이 있다

삶이 부축해주는 죽음이 있다

죽음을 믿고 삶이 살 수 있다

삶에 기대고 죽음이 죽을 수 있다

삶과 죽음은 상부상조하는 숲이라서

산은 말없이 푸르고

새는 지저귀며 날아오른다

감포

밀어낼 수도 끌어안을 수도 없는 것이
철썩철썩 나를 때린다
아무리 맞아도 아프지 않은 것은
내 안의 질긴 후회가 갯바위 따개비로 박혀 있기 때문이다
갈매기가 보드라운 가슴살을 다 내보이며 날아간다
해풍에 어룽지는 애틋한 가슴살의 열량,
달콤한 속삭임에 쉽게 속내 보인 것은
너무 낮게 날았던 탓일 게다
디딘 만큼 무너지는 모래들이
사르륵사르륵 소리 내며 따라온다
영원히 변치 않으리라 믿었던 것들이
쉽게 변하여 떠나간다
사람도 사람의 언약도 사랑도 우정도 의리도
변하는 것만이 영원이고 변해야만 산다는 것
왜 나는 아직 모르는 걸까
해초처럼 술렁이는 막막함, 돌아보면 보인다
느끼면 느낀 만큼 아파 몸부림치다 돌이 된 가슴
아무것도 안 느끼려 마음 다문 가슴이 보인다

지는 꽃을 잡다

인생은 아이스크림과 같아
녹기 전에 맛 봐야 한다고
광주리에 아껴둔 자두가 짓무른다

아무리 달콤하다 해도
내일은 믿을 게 못된다고
신호대기중인 내 뒤를
오늘저녁 교통사고가 추돌한다

고통과 행복은 짝이어서
고통을 싫어하면
행복도 맛볼 수 없다고
행복을 숨긴 고통이 나를 시험하고 있다

병든 날 근심하는 날 제하고
온전히 꽃 피는 날 얼마나 될까
자두나무 마지막 흰 꽃이 하느적하느적 지고 있다

땅에 눕는 순간이 끝이라고 천천히 지는 길
두리번거리는 꽃잎을 손바닥에 받아 본다

내 운명 그려진 손금 위에
잔금도 없이 눕는 흰 꽃잎들
눈부시어 서럽다.

제3부

사랑의 척도

모든 걸 다 주어도
아깝지 않으면 사랑이다
아까우면 사랑이 아니다

보슬비

보고 싶고 보고 싶었지만
보고 싶은 것도 죄 될까
말없이 다가갔다가
소리 없이 돌아간다

많고 많은 당신을 보아왔지만
진정 그리운 당신은 못 보고
이 대지 저 하늘 기웃거린 만큼
젖고 젖어서

목마른 마음만 끌고 돌아간다

목련나무 아래

꽃은 진다 해도 꽃인데
흰 목련 지고 며칠이면
우윳빛 고운 꽃잎
녹물 닦아버린 헝겊 같다
헤어짐이 추레한 건
사랑했던 날이 눈부셨기 때문,
어떤 연유이든
사랑이 미움으로 변하는 건
이별보다 두려운 슬픔이다

양귀비

덧문을 여니 깜짝이야
새빨간 양귀비 한 송이 피어 있다
입주할 때 분명 없었던 것이
꽃 좋아하는 내가 이사 온 줄 알고 날아왔을까
씨앗이라면 바늘 끝에 먹물 묻혀 콕 찍은
크기란 걸 알고 있는데
어느 행로로 와서 이리 불타는 꽃빛을 피우는지
눈이 데일 것 같은 꽃빛 보다가
방 안으로 들어가는데 그는 문 밖에 서 있다
언제라도 문만 열면 볼 수 있을
이 아름다운 연인이 남모르는 재산 같아 설레는데
하룻밤 밤비 지나고 내다 보니 지고 없다

사랑이란 그런 것일까
생각도 않은 문 앞에 나도 모르게 와서 놀라게 해놓고
마음 먹고 보려 하면 지고 없는 꽃 같은 것

벚꽃터널

벚꽃이 피면
꽃터널이 생겼다
걸어가는 내내
연분홍 화관을 씌워주었다
벚꽃 핀 길을
그대에게 주고 싶었으나
그대가 오지 않아
바람이 다 가져가버렸다

눈이 녹는 날

쌓인 눈은 설경雪景을 펼치고
내리는 비는 설경을 지운다
함부로 발걸음 내딛기도
조심되게 아름다운 설경
내일 모레 정인情人을 만나
사진 한 장 찍을 때까진
기다릴 줄 알았는데
흰 깁이 깔린 그 숲길을 나란히
걸을 때까진 참아줄 줄 알았는데
추적추적 내리는 겨울비가
일시에 지워버린다
좀 더 있어주었으면 싶은 것이
좀 더 머물러줄 것 같은 것이
몇 방울 빗물에 고개 떨구고
소리 소문 없이 떠나갈 때
나도 너에게서 그렇게 지워졌나 싶어
너도 나에게서 그렇게 잊혀졌나 싶어
내 안에 쌓아올린 희디흰 설궁 무너지고
질척거리는 눈물에
내 발목 밟히며 돌아간다

우산

너를 잃어버리고 돌아오는 길
가만히 이름을 불러본다
너를 사랑하지 않아 손을 놓았던 게 아니다
너를 아끼는 마음이 없어 깜박했던 것도 아니다
비 오는 날 더 간절히 생각나는 건
너로 하여 비를 맞기 때문이 아니다
살다 보면, 사랑해서 잃어버리는 것도 있더라
가까워서 방심하는 것도 있더라
연분홍 연꽃이 꽃잎 여닫듯
빗물은 가려주고 빗소리는 들려주던
둥그런 너의 지붕 아래서
함께 거닐던 호젓한 연못가
젖은 둘레를 잊어서가 아니다
퍼붓는 고난 아래서도 네가 있어
빗소리를 비의 음악으로 듣던
사람의 일을 잊어서가 아니다
어디 나를 두고 오듯 너를 잃어버리고
내 손에서 잠시 놓았다는 이유로 잃어버리고
하염없이 손 잡고 갈 수만은 없었던
삶이라는 진창에서

너를 찾아 내가, 가을 비에 젖는다

흰 제비꽃

봄 꽃잎 하나하나가
누군가의 얼굴들이라면
마른 덤불 속에서 고개 내미는 흰 제비꽃은
작아서 잊혀진 너의 얼굴이다
소박해서 조용히 살려 하는 너의 마음이다
간절하면 못 견딜 것 같아
사랑하면 못 잊을 것 같아
차라리 다 덮어둔 너의 순정이다
잊힐 만하면 다시 피어
봄 동산 연두 풀밭으로
내 눈 끌어당기는
아련한 그리움이다

옛집 귀퉁이에서

죽었다고 내다 버린 화분 속의 나무에
싱싱한 잎들이 피어날 때
이젠 정말 끝났다고
떠나온 옛집 귀퉁이에 버린 느티나무 분재가
생각도 못한 아름다운 수형으로 푸른 고개를 내밀 때
잡초 헤치고 화분 들어올리는 경이의 내 눈을 비추는
찬란한 바람 한 소절

진정 내다 버릴 것은
섣부른 판단과 경솔한 포기 의식이라고
새잎이 찰랑거릴 때 너무 쉽게 내다 버린 인연과
너무 쉽게 잊어버린 사랑에 대해
사죄의 연서를 쓴다

늦가을 감나무

잎이란 잎은 다 지우고
빨간 홍시만 등불처럼
내다 걸고 있다
다 버려도 못 버릴 것이 있어
기다림의 언덕에 서 있는
애잔한 사람

사는 일 바빠
돌보지 못한 마음들이 있다
이미 떠나버린 마음도 있고 이제는
가까이 오지 않는 마음도 있다
흰 접시에 오롯이 담아 드리고 싶은
내 순정만 무른다

기다려서 맞이할 것이
물러터진 몸밖에 없다 해도
사람을 기다린다

멍

유리문에 부딪쳐 왼쪽 눈두덩을 다쳤다
찢어진 살결이야 몇 바늘 꿰매면 그뿐
피가 흐르는데 시원했지만
날이 갈수록 힘드는 건
눈 주위를 거멓게 무리 지은 멍이다
상처나 통증 때문은 아니지만
얼굴에 새겨진 시커먼 얼룩이 생활을 감옥으로 만든다

사랑이 깨어지면 그 사랑보다 힘드는 건
주위를 감도는 추억일까
이별이 당도하면 이별보다 두려운 건
함께했던 시간들일까

아프지도 않은 멍이 피 흘린 상처보다
더 아픈 것을 다쳐보고야 알았다

꽃살문

꽃을 받아본 적이 있으신지
그렇다면 당신은 사랑 받은 사람이다
꽃을 주어본 적이 있으신지
그렇다면 당신은 사랑 준 사람이다
사랑하면
가장 먼저 주고 싶은 것이 꽃이라서
가장 나중 받고 싶은 것도 꽃이라서
당신이 드나드실 문에 꽃을 새긴다
금방 지는 꽃은 금방 지는 사랑 같아서
금세 시드는 꽃은 금세 시드는 연모 같아서
천 년 개화 언약하는 내 숨결 불어넣어
흰 살결 깊은 목질 속속들이 아름다운 꽃잎 새긴다
칼이라도 견디고 피어 있으면
현생에서 못 만난 그대 오시려나
당신에게 주고 싶은 것이 꽃이라서
내 영혼 깎고 다듬어
문살에 새겨진 꽃이 되었다
당신이 열고 오실 문이 되었다

미장

흙이나 시멘트를 매끈하게 바르는 걸
미장이라 하던데 물결도 한 자루 흙손을 가졌는지
파도가 쓸고 간 모래사장은 미장 된다
낙서도 발자국도 얼룩들도
일거에 지워주는 저 손길

어느 날
당신이라는 사랑이 달려와서
내 가슴의 모든 상처를 지워주었다
눈부시고 매끈하게
새로 부여받은 내 가슴이 부담이다
천만 번 거듭되는 용서와 믿을 만한 윤회에 씻겨
매끈하게 반짝인다 해도, 살아가면서
자국 없는 삶, 상처 없는 사랑 남길 자신 요원하다
용서하시라

산다는 것은 마음에 자국 찍히는 일이다
상처 받는 일이다
그래도 당신 손길 한 번이면
씻은 듯 빛나는 얼굴로 상처 기다리는 일이다

염전

너에게로 가면 왜
귀한 것은 허름한 곳에서 태어난다는 말이 사무치는지
위대한 것은 소박함에 있다는 시가 실감나는지
가식도 허세도 없이
밀짚모자 하나 쓰고 빛바랜 바지 하나 걸치면
성장盛裝이 되는 그곳에서 너와 살고 싶다
사치의 가치 없음도, 변하는 것은
모두 가짜임도 깨닫는 지금쯤에서
바닷물 말리고 말려서
희고 단단한 사리로 빛나고 싶다
누군가는 소금을 바다의 상처라 했지만
내가 마신 너의 눈물은 내 상처라 하겠다, 그대여
불만큼 뜨겁게 내 상처 소독해주는
너와 내가 만나 천 년이 가도 변치 않는
무엇을 생산한다면 우리는 진정, 진정에 목말랐던 사람
일밖에 몰라 사랑도 하나밖에 모르는 너의
소금꽃 핀 등허리에 비 갠 하늘이 되어
구름이 되어 바람이 되어 살고 싶다
다 버리고 와서 너와 살고 싶다

박주가리 홀씨

날아가려는 것을 붙잡을 수 있는 건
바람뿐이라는 걸 이제는 안다
인력으로 안 되는 것이 홀씨 속에 있음을 안다
속에 씨앗을 품은 것은 바람을 타려 한다
남자도 자꾸 날아가려 해서 애간장 태우는 시절을 보냈다
태우고 태워서 숯이 된 심장을 고요히 돌보려 한다

이제는 내가 날아가리라
늙었으므로 가볍디가벼운 몸
날아가리라
여기가 아닌 곳으로 떠나가면
새로운 내가 태어날 것 같다
살얼음 수면에 작은 물새 통통 뜀박질하는 이 겨울
인조 홑적삼보다 얇은 날개옷 입고
은빛 육신을 있는 대로 풀어헤치고
봄 들판에 스미는 연기처럼
여기가 아닌 어느 곳으로 날아가면
나도 꽃 필 것 같다
분명 꽃 필 수 있을 것 같다

사문진

잃어버린 것이 있다
분명 내 것이었으나
이제는 아닌 것이 흘러가는
나루터에 와서 주막에 앉아본다

바람은 복사꽃 잎 날리며 건너오는데
강물은 봄바람 저어 깊어가는데
가버린 것은 오지 않는다
나루터에서 기다리는 것이
배뿐이던가

무슨 말 하기도 전에
취한 채 떠내려가고 싶다
가슴에 출렁이는 어떤 추억이
다 건너갈 때까지

별

내가 그리워해서
먼 곳에 있는 너는
멀리 있어서
아름다운 너는
몇백 광년도 전에
내게로 보내온 눈빛
이제야 겨우 주고받는 너는

어느 날 유성이란 이름으로
나의 꽃밭에 내려왔다

찬란히도 글썽이던
눈동자는 어디 두고
시커먼 돌덩이로 왔다

너도 나만큼 그리워해서
너도 나만큼 보고 싶어 해서
다 타버린 심장 한 덩이로 왔다

잔바람에 떠는 잎새 같은 내 손길 앞에
눈빛 없는 심장만 가지고 왔다

도리사桃李寺에서

음력 사월은 싱그럽기도 해라

맑은 바람은 어디서 불어와
수목들을 흔드는지
참을 수 없는 나무들
머리에서 발끝까지
푸른 잎사귀 마구 피워 달고
바람이 스칠 때마다
쏴아 쏴 물소리 낸다
그 소리에 마음을 씻고
다시는 죄 안 짓는 사람이 되고 싶다

맑은 사람으로 환생하고 싶다

제4부

낚시를 보며

물음표를 거꾸로 세운 바늘의
최종 목표는 물고기 입천장,
입이 꿰면 전체를 꿰는 거지
삶이 통째 낚이는 거지
물고기나 사람이나
입을 버리고 달아날 순 없는 거지
낚시 바늘에 꿴 물고기들이 어찌할 수 없는 입을
똥그랗게 벌리고 수면 위로 딸려온다 그때
물고기들은 가장 격렬하게 몸부림친다
가장 빳빳한 지느러미와 가장 싱싱한 비늘을 번쩍인다
팽팽한 버팀의 힘! 그건
입을 버릴 수 없어 모든 것이 끝나는데도
굴욕조차 견딘다는 항변이다
생명 있는 것은 다 입 때문에
무언가에게 속고 누군가에게 낚여
몸부림치는 함정에 빠진다는 은유다

현대공원[●]

죽음은 바람에 흩날려 사라지는
한 줌 재 같은 것이 아니다
나 여기 죽어 있다고 대지를 떠들고 일어나
존재를 드러내는 것
백 년이 가도 시들지 않는 꽃을 꽂아놓고
이백 년이 흘러도 썩지 않을 비석을 세워두고
지금, 그들은 티끌로 돌아가는 중이다
티끌로 돌아가면서도 잊혀지는 게 두려워
초록 잔디 사위는 봉분 올록볼록 앞세워
죽음도 존재라고 소리 없는 함성으로
외치고 있다

● 대구 근교의 공원 묘원.

부시罘罳•

궁궐이란 어떤 의미에서 흉가다 겨울 비원이 보고 싶어 찾아간 그 해 창덕궁, 인정전仁政殿 처마는 둘러가며 시퍼런 그물을 감고 있었다 새 깃들지 못하게 하는 방책이라 했다 새가 날아들면 어쩌다 죽을 수도 있으니 미물이라 해도 죽어나가는 것은 불길해 아예 깃들지 못하게 한다는 것이다 죽음을 원천 봉쇄하기에 삶이 추방되는 냉혹한 법도에 추운 새 한 마리 부딪쳐 쨍그렁 깨진 하늘로 튕겨나가는 그날, 단청 없는 낙선재 희미한 대청엔 주검이 돼서야 올 수 있었던 마지막 왕손이 오래된 빈소 흰 커튼이 되어 바람에 움찔거리고 있었다 아무도 오지 않고 아무도 호곡하지 않는 숲길이 살얼음을 운구하다 덩그렁 멈춰서는 고궁, 지붕은 높다랗고 기둥은 우람하나 살아서는 추방되고 죽어서야 입궁되는 왕자가 있어 낙엽들만 스스스 스란치마 끄는 소리로 몰려다니고 있었다

• 궁궐 처마에 조류 방지를 위해 그물을 치는 일.

ㄱ자 할부지

내 단골 미용실 앞길에서 이따금 다리쉼 하는 할부지가 있다
삶의 곡절 얼마나 곡진했는지 허리가 ㄱ자로 굽었다
조선낫보다 더 직각인 허리, 폐휴지 수레 끌고 가다
손잡이에 엉덩이 얹고 휴우 날숨 뱉을 때
자신의 날숨에 꼬부라진 그 몸 다 날아갈 것 같았다
어느 날부터 그 할부지 보이지 않았다
미용실에 물었더니 죽었다 한다
인물 멀쩡한 할머니 하나 주워 함께 살았는데
할머니 얼마나 독한지
수입 없이 오는 날은 집안에 들이지 않았다 한다
그날도 집에 들여 주지 않아 추운 골목 배회할 때
너무 춥겠다고 저승이 주워갔다 한다
다 꼬부라진 늙음마저 자본주의 산술법은 피해 갈 수 없는 동토라서
미용실 유리창 밖으로 때 아닌 흰나비 한 마리
허리 구부린 채 날아갔다

노래방 도우미

아이섀도 빛 네온사인 아래 여인은
새빨간 미니스커트를 입었다
손님들은 여인을 건성으로 반가이 맞고
여인은 남자의 그것 같이 생긴 마이크를 들고
신청곡을 받아들인다
하필이면 곡목이 '우리 어머니'다
다섯 남매 배고플까 허리띠 졸라매고
이 대목에 와서 노래 울컥 멈춘다
돌아서서 한참을 울먹인다
어머니가 그리운가
어머니로 은유된 그 무엇이 서러운가
어제는 2차를 나갔다가
몸만 뺏고 화대도 안 주던
남자에게 뺨까지 맞았다
여자는 울어도 반주는 멈추지 않는다
자신의 노래도 아닌 노래를 밤마다 부르며
그녀가 구하려는 것은 무엇일까
밤도 깊은 인환의 거리
자막이 흘러가는 화면에는
붉게 멍든 동백꽃이 물에 떠간다

친구 어머니

삼남이녀를 두고
팔천 평 과수원을 경작하던
마님이었던 그분
친구 아버지 돌아가시고
자식들 뿔뿔이 사업 저질러
과수원 논밭전지 모두 넘어가고
이젠 남의 소유가 된
귀퉁이 빈집에 홀로 남아
종일 사람 하나 쬐지 못하고
사는 일 깊어지니
치매가 왔다

거울에 비친 당신 모습을
자신인 줄 모르는 그녀는
거울 속의 사람더러
거울 밖으로 나오라 한다
자꾸 숟가락을 쥐어 주며
밥을 먹으라고 한다
때로는 이제 그만 가소
이 집도 다 넘어가고

가져갈 것도 없으니
그만 돌아가라고 한다
어쩌다 길손이 들르기라도 하면
거울 속의 사람을 걱정한다
저 속에 들어가 밥도 안 먹고
어찌 사는지 모르겠다며
차라리 잊어버리고 싶은 현실인 듯
거울 속에 자신을 가둬놓고
낯설어한다

무연고 301호

아무도 모르게 죽은 사람이 있다
아무도 몰라서 누구도 오지 않았다
악취가 담 너머로 무언의 신호를 보냈으므로
흰옷 입은 구더기 떼만 줄지어 왔다
구더기들은 상여도 없이 그의 살을 떼 매고
시간의 저편으로 떠나고 유품처럼 백골만 남겼다
○○○연립주택 단칸방에서
죽은 지 삼 년 만에 발견된 사람
누구를 기다렸는지 눈이 움푹 들어가고
웃는지 우는지 모를 입은 반쯤 벌어져 있다
백골은 경찰을 데리고 가족을 찾아 나선다
어찌 어찌 연락 닿았지만
가족들은 고개 젓고 문을 닫아버린다
오십 년이 넘게 이 세상에 살았던 사람
왜 누구도 안다는 이가 없을까?
외롭다는 말도 못하는 그가
장례 봉사자의 손에 이끌려 화장장으로 간다
잘 구워진 과자처럼 바스라진 그가
항아리 안으로 들어가 담기고 뚜껑이 덮인다
누군가 그의 이름에 붉은 줄을 그어 지운다

무연고 301호, 일련 번호 하나를 적어 선반 위에 보관한다

그는 죽었지만 연고緣故가 없어 이승의 연緣을 끊지 못한다

톤레샵* 견문기

아이들이 많았다 원 달러를 외치며
관광객 있는 곳이면 어디든 나타났다
조잡한 팔찌, 부채 혹은 캔 음료수를 들고,
나라가 가난하면 어린것들이
돈벌이 첨병이 되는 걸까
초등 일 년쯤으로 보이는 그네들의
까맣게 그을은 살갗과 희뿌연 맨발을
가엾다고만 할 수 없다는 걸
유람선을 뒤따르는 한 척
작은 배를 보고 알았다
그 배에는 아이 셋이 타고 있었다
그중 큰아이는 발동기를 돌려 배를 몰고
중간 애는 흰 항아리에서 구렁이를 꺼내
맨살에 칭칭 감고 가장 어린 계집애는
뭐라고 뭐라고 외쳐댔다
그리고는 순식간에 유람선 모서리에 뛰어올라
지폐 몇 장을 얻어 갔다

톤레샵의 탁한 물빛과 요란한 발동기 소리와
징그러운 뱀, 그리고 쬐끄만 계집애의 외침 소리

그것은 역동이었다 생명력이었다

킬링필드
인구 삼분의 일이 해골로 뒹구는 남국의 어린 것들 소리
내 음 물결 위에 돌 맞은 듯 파문져 번졌다

● 캄보디아에 있는 호수.

유리잔도

중국은
천길 벼랑 옆구리에
좁다란 길을 내놓고
바닥을 투명 유리로 깔았다
오금 저리도록 아찔한 깊이를
훤히 보여주며
발걸음은 단단히 받쳐준다
분명 떠받쳐주는 데도
마음이 안 놓이는 절경,

숙소에서는
열아홉 살 먹었다는 청년이
어머니뻘 되는 한국 관광객
발아래 꿇어앉아
마사지를 열심히 해준다 나는
아래를 내려다보지 못한다
이 불안은 무엇인가

역사가 대국으로 모셨던 곳이
지금은 무릎을 꿇고 있다
그들이 이렇게 길을 내는 것이라면
나는 왠지 아래를 내려다보지 못한다

향촌동

대구 최고의 번화가였던 이곳이
늙을 대로 늙어서 눈을 맞는다
구질구질 좁은 골목 허름한 건물들
시인 이상화가 중절모를 쓰고
목조건물 지붕 위에 올라가 있다
화가 이중섭이 커피 값 대신
은박지 그림을 그려주었다는 백록다방
피난 온 예술인들이 만남의 장소로 썼다는
아루스화방 감나무식당은 어디로 가고
늙은 바람기처럼 뒷골목에 서성거리는 성인텍, 우남여관,
동남아 노동자로 보이는 이방인들이 떼지어
이합집산할 뿐
어찌할 수 없는 무력함으로 눈을 맞는다
눈은 내려서 이 모든 것을 덮고
넝마가 된 대구의 근대도 덮지만
1970년대 중반 갓 스무 살 한 청춘의 방황은 덮지 못한다
그때도 지금 젊은 세대들처럼
발버둥 쳐도 주어지지 않던 기회와
선택조차 할 수 없었던 막힌 세상이 있었다
길이 없어 길을 잃으려고 흘러들었던 거기

유리구슬 주렴 아래 배꼽 깊은 무희가
베사메무쵸, 베사메무쵸, 스트립쇼 하던 곳
희망보다 향락을 먼저 가르치던 네온 불빛
노래하고 춤추면서도 마음이 슬프던,
마음의 아련한 슬픔 때문에
영영 절망하지만은 못했던,
한때 대구 최고의 번화가였던 이곳이
늙을 대로 늙어 눈을 맞는다

강릉심야*

물 묻은 세수 비누가
내 손에서 미끄러져 나갈 때
잡으려하면 더 미끄럽게
빠져나가고 마는
꼭 그만큼의 서운함으로
아들이 내 품을 벗어나려 한다
내려와서 하룻밤 묵지도 않고
바빠서 가야 한다며
북부정류장 심야 차표를 끊는다
아들 어릴 때
내 직장으로 전화 걸어오면
엄마 바빠서 통화 오래 못한다
서둘러 끊었다
그 때 내 아들도
오늘 나만큼 서운했으리
물 묻은 세수 비누가
내 손에서 미끄러져 나갈 때
잡으려하면 더 미끄럽게
빠져나가고 마는
꼭 그만큼의 서운함으로

강릉심야가 떠나간다
돌아볼 듯 멈칫거리다가
급행으로 떠나간다

● 심야고속버스.

내가 가고 싶은 절은

금물을 지나치게 입혀 눈부신 불상이
즐비하게 모셔진 그런 절이 아닙니다
어쩌다 음식을 남겼다고 성질 사나운 공양주가
뭣도 모르면서 마구 꾸짖는 그런 절도 아닙니다
열차 타고 내려오는 옥천 어디쯤이던가
아슬한 언덕 위에 한 사람의 외로운 영혼처럼
달랑 올라앉은 조그마한 암자 하나
금낭화를 오색 연등처럼 달고 저물녘 바람을 흔들면
뎅그렁뎅그렁 이 세상 한 바퀴 돌아온 노을이
마당에 풍경 소리를 깔아놓는 그런 곳에
물처럼 바람처럼 깃들고 싶습니다
찾는 이 드무니 한가로운 부처님 눈도 밝아져
내가 오는 것을 한눈에 알아 채시는 곳,
곱게 화장하고 행복한 듯 차려 입었지만
많은 사람 속에서도 외롭고
혼자 있어도 시끄러운 속마음
그 마음속에 그래도 빈자의 일등이 가물거리고 있음을
금방 알아차리시는 곳
합장하고 올리는 절의 의미를
나보다 더 잘 느껴 어여쁘게 받아주시는 곳

내가 가고 싶은 절이 있다면 바로 그런 절입니다
그러나 그런 절 이 세상엔 없겠지요

태우는 옷

서문시장 1지구 '태우는 옷' 가게를 지나친다
한 번도 사람을 입어보지 못한 옷이,
한 번도 사람을 입지 못할 옷이
망자를 따라간 어느 언덕에서
불 태워지면 그뿐일 옷이
'태우는 옷' 이름을 달고
매대에 차곡차곡 개켜져 있다
생애 사람 한 번 입지 못했는데 옷이라면
생애 행복 한 벌 입지 못한 몸도 삶일까
생애 불행 한 번 벗지 못한 영혼도 삶일까
옳은 시 한 편 못 쓴 시인도 시인일까
옳은 직업 한 번 못 가진 사람도 사회인일까
출생과 동시에 죽은 아우도
병상만 전전하다 처녀귀신 된 고모도
저 옷과 함께 불태워졌다

어떤 옷은 고관대작을 입다가 벗기도 하지만
어떤 옷은 평범한 삶 한 벌 꿰입지 못하고 일생이 저문다

내 눈 속에 그늘이 있다

문학행사 마친 뒤풀이 장소
마주앉은 한 시인이
당신의 눈에는 그늘이 있네 한다
꽃 그늘 말인가 달 그늘 말인가
희미한 옛사랑의 그림자 같은 그늘 말인가
그늘이란 그 말이 참 서느럽게 들려서
거울 아니면 볼 수 없는 내 눈이 몹시 궁금했다
어릴 적엔 샛별 같다 사람들이 봐주었다는 눈
입사시험 땐 총명해서 뽑았노라 면접관이 후일담 들려주던 눈
아버지를 닮아 크고 깊다는 말 많이 듣던 눈
쌍꺼풀 한 것이냐 물어서 속으로 웃던 눈
아름답고 선한 것이 좋아
맑은 바람과 고운 꽃빛 사이를 미친 듯 헤매 돌던 눈
사람의 배신과 조롱은 바라보기 힘들어 홀로 강가를 찾아가던 눈
한 그루 고목도 키 큰 빌딩도 아니면서
어쩌다 그늘을 지니게 되었을까
일생을 양지의 반대편 슬픔 젖어 살아온 증거라 해도
나는 이제 그늘이 아름답다는 걸 아는 나이

나는 볼 수 없고 다른 이만 볼 수 있는 그늘이
내 눈 속에 있다면
오뉴월 염천 느티나무 그늘이어서
생의 맹렬에 시달린 누군가가 쉬어가는 장소이면 좋겠다

고모역

측백나무와 코스모스와 이별과 해후의
성채였던 간이역,
시속 삼백 킬로로 달려오는 내일 앞에
비둘기호보다 느려서 밀려나는 어제가
싸늘한 소실점 끝에 서 있다
폐쇄 안내문이 나붙은 매표구엔 둔탁한 괘종시계
멀찍이 서 있는 홰나무 이파리와 함께
금빛 시간만 댕댕 떨구고 있을 뿐
아무것도 개찰 못하는 개찰구는 목조 미닫이에 쪼그려
암전된 시그널이나 바라본다
떠나갈 사람도 돌아올 사람도 없어
저 혼자 담뱃불을 끄는 금연 포스터
설렘 없는 심장이란 고장난 소화기 같아
소아마비 내 친구가 홍옥보다 빨간 얼굴로
통학하던 추억을 사선으로 긋고 있다
어느 해 유월에는 양쪽 차창으로 붉디붉은
딸기밭을 주르르 달고 달리던 완행,
유월에 딸기밭 칠월에는 포도밭, 팔월에는 능금밭,
방학이나 공휴일엔 교복에 싸인 우리를 싣고
하하호호 달렸지
애착도 병이어서 패어나간 포도밭을 딛고 가을이 온다

그렇게 흘러가는 것이다

대구 작가들과
4 · 19 기념등반으로
천지갑산 갔을 때다
산 중 깊은 곳에 진달래 한 그루
홀로 꽃 피워 곱게도 꽃 피워
홀로 꽃잎 떨구고 있었다
그 맑은 개화
몇 사람이나 보고 갔을까
어떤 꽃은 한 해 봄
두어 사람 보면 그뿐인 것을
전력으로 피우고 있는 것이다
전력으로 지우고 있는 것이다
열심히 살았으나 보는 이 별로 없는
고운 여인 같아서
몰라주어도 아름다움 안 흩트리는
맑은 사람 같아서
꽃잎 다 떨궈도 못 잡을 봄이 가는
꽃그늘 아래 서서
달싹이는 바람이 중얼거렸다
그렇게 흘러가는 것이다

발자국

송나라 시인 소동파는 사람의 일생이
눈밭에 남은 기러기 발자국 같다 적었는데
나는 눈 내린 산정에 와서 짐승들 발자국 본다
곰발자국 멧돼지발자국 노루발자국 토끼발자국……
어지러이 엉겨 있으나 저마다 외로운 목숨 자국이다
맹수의 것이라 해도 왠지 가엾다
무슨 사연으로 왔다갔는지는 알 수 없다

발자국은 왕래의 흔적만 허락할 뿐
곡절은 생략하는 냉엄이다
세상을 걸어왔던 내 발자국도
내 눈물이나 비탄은 생략하고
이백사십 밀리 신발자국만 잠시 기억하다 지울 것인가
살아온 날을 어디로 날려버리는 걸까
애타는 일 사랑했던 일 죽을 만큼 괴로웠던 일은
어디다 묻어버리는 걸까
발자국은 많은 것을 생략하는 방법으로 존재를 말한다
그리고 그 마저 지워버린다
알고 보면 무덤도 발자국이다

해 설

교감과 상응, 아날로지의 시학

이병철(시인, 문학평론가)

이해리의 시선은 한순간도 자연에서, 사물에서 멀어지지 않는다. 그녀에게 사물과 자연은 시의 불꽃이자 숨이다. 하나의 자연물은 시인의 꿈이며, 시인이 모르는 세계, 수십억 개의 메타포를 거느린 은하계다. 자연물에 대한 이해리의 천착은 단순한 관심이나 애정을 뛰어넘는다. 그녀는 자연물을 통해 구토하고 배설한다. 자연물을 통해 신열에 다다르고, 상상임신한다.

옥타비오 파스가 말하는 시적 순간은, 존재의 본질적인 이질성, 즉 타자성을 포용하려는 시도이다. 파스는 이것을 '치명적 도약'이라고 불렀다. 이해리가 하나의 자연물을 시의 오브제로 삼는 순간, 치명적 도약이 일어난다. 대상의 타자성이 시인의 내부에서 전혀 뜻밖의 것으로 변화하며, 시인 역시 자기존재의 본성이 새롭게 전환되는 체험을 하게 된다. 자연물이 촉발시키는 시적 순간을 이해리는 어떻게 감각하고 또 기록하고 있을까?

1. 교감과 상응의 아날로지

가을비 오는 밤엔
빗소리 쪽에 머릴 두고 잔다
어떤 가지런함이여
산만했던 내 생을 빗질하러 오라
젖은 낙엽 하나 어두운
유리창에 붙어 떨고 있다
가을비가 아니라면 누가
불행도 아름답다는 걸 알게 할까
불행도 행복만큼 깊이 젖어
당신을 그립게 할까
가을비 오는 밤엔
빗소리 쪽에 머릴 두고 잔다

—「가을비 오는 밤엔」 전문

위 시에서 이해리가 펼치는 '교감과 상응의 아날로지' 시학을 확인할 수 있다. "빗소리 쪽에 머릴 두고 잔다"는 고백은, 자연을 향해 기울어지려는, 자연과 교감하려는 본능적 · 의지적 표현이다. 빗소리 쪽에 머리를 두면 '가을비'의 '가지런함'이 '나'에게 전이된다. 그때 "산만했던 내 생"이 '빗질'되는

'치명적 도약'이 일어난다. 외부의 자연물이 나의 내부에서 새롭게 의미화되는 것이다. 그때 시인은 "불행도 아름답다"는 것을, "불행도 행복만큼 깊이 젖"는다는 것을 깨닫게 된다. 시인이 '가을비'와 교감하며 그것을 내면에 채워 넣는 순간 가을비의 가지런하고, 아름답고, 젖는 속성이 곧 시인 자기존재의 속성으로 전환되는 것이다.

마틴 부버는 "나는 너와의 만남을 통해 성숙한 인격으로 비약한다"고 이야기했다. '너'는 모든 타자를 뜻한다. 나라는 인격체는 타자와 교감하고 상응할 때, 타자의 이질 특성을 수용하고 인정하며 상호간 동질성으로 어우러질 때 성숙해진다. 아래의 시편에서 이해리는 그 '만남'의 비밀스런 가치를 우리에게 귀띔해준다.

나의 어여쁨도 나의 미움도
나의 젊음도 나의 늙음도
남이 먼저 아네 나는 모르고
자신인데도 나는 모르고
내 마음인데도 나는 못다 알고
남이 먼저 나를 아네
나는 남의 말을 듣고 나를 아네
남의 눈을 보고 나를 눈치채네
이로부터 떨리도록 두려운 건 남이었네
남보다 두려운 건 나였네

—「나와 남」 전문

사람은 누구나 자기 스스로를 잘 안다고 생각하지만 정작 나를 잘 아는 건 내가 아닌 남, 즉 타자다. 사르트르는 "타자는 지옥"이라고 했지만, 타자에 대한 이해리의 신념은 "타자로부터만 존재가 이해될 수 있다"던 레비나스의 타자윤리학으로 기울어져 있다. 레비나스는 "타인의 얼굴과 만나는 것은 특별한 초월의 경험과 경이로운 무한 관념의 계시를 가능케 한다"고 말한 바 있다.

"나의 어여쁨도 나의 미움도/ 나의 젊음도 나의 늙음도" '남'이 먼저 안다. 내가 알지 못하는 나를 타인이 알게 해준다. 시인은 "남의 말을 듣고 나를 아"는 '경이로운 계시'를 경험한다. 타자를 받아들이는 순간, 자기존재의 본성이 새롭게 전환되는 '치명적 도약'과 '너'를 통해 성숙해지는 '인격의 비약'이 동시에 완성되는 것이다. 내가 나를 가장 잘 안다는 믿음은 미성숙한 자기중심적 사고다. 이해리는 자기중심적 사고에서 멀리 떨어진 타자지향의 태도로 이 세계와 상응하는 시인이다.

> 현충일 무렵 안강들에 서 본다
> 넓은 들 전부가 무논이다
> 반듯반듯한 수면에 하늘이 비친다
> 지상의 논 위에 하늘논이 한 들판 더 생긴다
> 하늘논에는 푸른 하늘이 담겨 있고 흰 구름도 고여 있다
> 흰옷 입은 농부가 지상의 논에 들어가 모를 심으면
> 하늘논에도 꼭 같은 농부가 모를 심는다

흰 구름 속에 새파란 벼 포기를 찔러 넣는다
물에 비친 새의 날개에도 한 포기 넣고 손을 뺀다
농부의 손에 하늘이 묻어 있다
벼농사는 지상의 일만이 아니라는 듯
몰래 내려와서 일 해놓고 돌아가는 하늘논

농사를 지어본 적 없지만
내가 먹은 밥 속에도 저런 논에서 나온
쌀이 있었으리, 가끔 쌀을 씻으면
싸그락싸그락 별 씻기는 소리가 난다
밥을 함부로 먹은 날은 괜히
하늘이 두려웠던 건 그 때문일까

날마다 섭취하면서도 무심했던 경이로움
우연히 지나던 들에서 느낄 때
논두렁마다 피어난 풀꽃에도 엎드리듯
마음이 절을 한다

—「하늘논」 전문

이 시는 이해리의 시 세계를 압축해 보여주는 수작으로서 교감과 상응의 아날로지, 타자지향의 성숙한 세계인식을 모두 잘 보여주고 있다. “흰옷 입은 농부가 지상의 논에 들어가 모를 심으면/ 하늘논에도 꼭 같은 농부가 모를 심는다”는 잠언이나 “농부의 손에 하늘이 묻어 있다”와 같은 감각적 은유, "벼농사는 지상의 일만이 아니라는 듯/ 몰래 내려와서 일 해놓고 돌아가는 하늘논"이라는 눈부신 통찰은 모두 소우주인 인간과 대우주인 자연이 서로 유기적인 관계를 맺고 공생하는 세계, 인간과 자연이 '협화음'의 리듬 안에 함께 숨쉬는 '아날로지'를 아름답게 그려내고 있다.

농경사회에서 우리 선조들은 조상을 어떻게 모시느냐에 따라 풍년과 기근이 나뉜다고 믿었다. 그래서 장례를 치를 때 망자를 지극히 배웅하고, 제사 또한 예와 격식을 갖추어 엄숙하게 지냈다. 농사는 지상의 농사꾼이 혼자 짓는 게 아니라 '죽음'을 통해 이미 자연의 일부가 된 조상들과 협력하는 일이다. 그러므로 당연히 죽음과의 화해, 죽음에의 긍정적 수용이 필수적이다. 여기서 이해리의 성숙한 타자지향적 세계관이 나타난다.

인간에게 있어 '죽음'은 영원한 타자다. 도무지 화해할 수 없으며, 함께 어우러질 수도, 넘어설 수도 없는 절대불변의 경계이자 한계다. 그런데 이해리는 '논'이라는, 의식주衣食住로 대표되는 인간 삶의 가장 상징적인 공간에다 '하늘'을 대입하며 죽음에 새로운 가능성을 부여한다. 죽음을 인정하고, 죽음의 타자성을 수용할 때 죽음과 더불어 삶이 가치를 얻는다.

논은 진흙 웅덩이다. 진흙은 고여서 썩은 것처럼 보이나 실은 끊임없이 숨쉬며 변화하는 유기농과 발효의 세계다. 진흙에는 죽음과 부패만 있는 것이 아니라 그것을 자양분 삼아 새로 태어나는 유기물과 미생물이 있다. 이 세계의

첫 생명체는 물과 공기와 흙에서 스스로 탄생한 유기물들이다. 모든 생명체는 이 유기물에서부터 진화되었다.

논은 유기물과 미생물들이 발효와 부패를 거듭하는 조화로운 생태계다. 논은 생명의 징후와 예감으로 우글거리는 태초의 대지이자 삶과 죽음이 상호작용하는 세계, 신생과 소멸의 반복이라는 리듬으로 화음을 이룬 하나의 우주다. 삶과 죽음이 살갑게 이웃하고, 인간과 자연이 조화를 이룬 곳, 내 조상과 나의 죽음마저 '진흙'의 질서로 편입되어 새로운 탄생을 예비하는 과정임을, 자연과 우주의 일부가 되는 통과의례임을 기꺼이 받아들일 수 있는 곳, 그곳이 바로 논이다.

이해리의 시에는 죽음을 포괄한 삶 자체를 위대하고 아름다운 것으로 여기는 태도, 자연의 질서가 내면화된 성숙한 세계 인식이 있다. 이 땅에서의 주어진 삶을 최선을 다해 살고, 죽음의 외적 현상일 뿐인 부재와 소멸에 겁먹지 않는 의연함이 바로 정신으로서의 '하늘논'이다.

2. 자연의 실종, 인공 자연을 향한 직시

이해리의 시는 자연과의 교감과 상응을 끊임없이 도모하지만, 시대에 뒤떨어진 전근대적 낭만주의로 치닫지는 않는다. 자본주의와 물질문명 사회가 자연을 잠식해버린 오늘날 '자연의 실종'을 제대로 마주보며 그 비극적 양상을 시로써 감싸 안는다. 자연의 실종과 인공 자연이 자연을 대체하는 현실을 덤덤히 인정하지만, 모방과 재현의 대상으로서의 자연을 상실한 시인의 고통스런 신음이 시 곳곳에서 새어 나온다.

내가 소녀였을 때
네 잎 클로버 찾다가 풀밭에 누우면
내 몸 받은 풀이 향기를 풍겼다
산들바람 불어 하늘을 보면
내 눈길 받은 하늘이
하얀 목화 구름을 뭉게뭉게 풀었다
저 산 너머 새파란 하늘 아래는
무언지 그리운 것이 강물로 흐르고
사공의 삿대에서 떨어지는 물소리
교정에 새로 지은 음악실에선 소녀들의 합창이
보리밭 종달새 되어 반공에 솟구쳤으므로
내 삶은 맑고 향기로운 것으로 가득 찰 것 같았다
무엇이든 될 수 있을 것 같고
누구에게나 사랑 받을 것 같았다
그 때 그 느낌 그 때 그 향기
그 때 그 순정에 때 묻을까
두려워하며 살다 보니
지금도 소녀 같단 소리를 듣는다
찬사인지 독설인지 모르지만
푸른 초원처럼 막연한 그리움으로도

가슴 부푼 아련한 꿈 밀어 올리던 풀밭,
어디로 갔을까

살인 진드기, 슈퍼 박테리아
풀밭에 마음대로 눕지도 못하는 세상 넘겨주고
그 맑고 향기롭던 것들은 어디로 갔을까
어디로 갔을까

—「풀밭」 전문

이 시는 자연과 교감하며 자연의 모방과 재현을 "가슴 부푼 아련한 꿈"으로 삼았던 시인이 자연의 상실을 목도하고 절망하는 양상을 대조적으로 보여주고 있다. 시인은 "내가 소녀였을 때/ 네 잎 클로버 찾다가 풀밭에 누우면/ 내 몸 받은 풀이 향기를 풍겼다"고 회상한다. 그 때 "삶은 맑고 향기로운 것"이었으며, "누구에게나 사랑 받을 것" 같았다.

그 충만감을 시로 옮기는 행위는 자연을 모방하고 재현함으로써 우주의 조화로운 리듬에 동참하는 일이었다. 그러나 자본주의와 산업화 사회에 의해 인간과 우주 사이 리듬에 불협화음이 생긴 이후 자연은 더 이상 모방하고 재현할 원전으로서의 힘을 잃어버렸다. 벤야민이 이야기한 '아우라의 상실'은 본래 사진과 영상 예술의 발달로 인한 회화 예술의 위축에서 기인한 것이지만, 자연과 인공 자연, 즉 전근대의 낭만적 세계관과 근대의 물신주의 간 균열의 문제까지를 함의하고 있다.

우주와 유기적 관계를 맺는 아날로지의 한 부분으로서 자기존재의 충만감을 만끽했던 시인은 완전한 낭만이자 이데아인 자연, '풀밭'을 상실해버렸다. "그 맑고 향기롭던 것들은 어디로 갔을까"라는 물음에는 깊은 탄식과 절망이 침투해있다. 이제 자연은 더 이상 풍요롭고 친근한 '에덴'이 아니라, '살인 진드기'와 '슈퍼 박테리아'가 우글거리는 '소돔'일 뿐이다.

이러한 아날로지의 붕괴, 자연이 실종된 자리를 비집고 들어온 '인공 자연'을 향해 이해리는 눈을 돌린다. 자본주의가 만들어낸 상품들이 자연의 자리를 대체하는, 보드리야르가 말한 시뮬라시옹이 바로 인공 자연의 세계다.

빌딩에 매달린 현수막이
미친 듯 울부짖는다
바람 세차게 부는 날
귀신 곡하는 소리를 낸다 펵펵
벽을 때리며 돌덩이 던지는 소리를 낸다
어마어마하다 무섭고 괴상하다

—「바람과 현수막」 부분

대숲에서 불어오는 서늘한 바람, 새들의 지저귐, 풀벌레 울음 등 자연의 소리가 사라진 도시엔 "빌딩에 매달린 현수막이" "귀신 곡하는 소리"가 가득하다. 시인은 인공 자연의 소리를 "벽을 때리며 돌덩이 던지는 소리"라고 표현한다. 소음공해인 셈이다. 그 소리는 "어마어마하"고, "무섭고 괴상하"다. 그로테스크는 인공 자연의 특징이다. 철근, 콘크리트, 전선, 송전탑, 댐 같은 것들이 기괴한 모습으로 자연을 대체한다.

인공 자연이 일으키는 공포와 이질감을 거부하면서도 이해리는 그마저도 세계의 한 부분으로, 아날로지의 일부로 수용하려 한다. 마치 보들레르가 도시 외곽 변두리의 넝마주이에게서 미적 가치를 발견했던 것처럼 말이다. 보들레르가 말한 근대성은 우연하고 일시적인 것에서 영원한 아름다움을 추출하려는 정신이다. 이해리는 제조 목적이 분명한, 그래서 역할을 마치면 용도 폐기되는 수많은 일회용, 인스턴트 인공물들에서 시의 이미지를 발견한다.

> 흙이나 시멘트를 매끈하게 바르는 걸
> 미장이라 하던데 물결도 한 자루 흙손을 가졌는지
> 파도가 쓸고 간 모래사장은 미장 된다
> 낙서도 발자국도 얼룩들도
> 일거에 지워주는 저 손길
>
> —「미장」 부분

'시멘트'는 인공 자연의 가장 중요한 재료로써 이미 흙, 나무, 풀밭, 자갈, 바위 등 많은 자연물들을 대체해버렸다. 그 시멘트를 고르게 펴 바르는 작업을 '미장'이라고 부른다. 공사 인부가 시멘트 미장 작업을 하는 장면은 어쩌면 산업화 근대, 인공 자연의 상징적 이미지일지도 모른다. 그런데 이해리는 그 미장의 이미지를 자연에다 덧입힌다. "물결도 한 자루 흙손을 가졌"다고 표현하거나 "파도가 쓸고 간 모래사장은 미장 된다"고 묘사할 때, 낭만주의적 자연의 시대에서는 볼 수 없었던 새로운 이미지가 탄생한다. 자연과 인공 자연이 조화를 이뤄 "낙서도 발자국도 얼룩들도 일거에 지워주는 손길"이 되는 것이다. 자연을 대체한 인공물들이 인류의 생활을 편리하게 만든 것은 부정할 수 없는 사실이다. 자연의 상실도, 인공 자연도 모두 인간의 편리를 위해 인간 스스로 초래한 결과일 뿐이다.

이해리는 "언제나 나는 영혼의 난민"(「어느 초저녁에」)이라며 인공 자연의 시대에서 위축된 자기존재를 성찰한다. 그러면서도 여전히 "구름이 되어 바람이 되어 살고 싶다"(「염전」)고, 낭만적 자연과의 유기적 아날로지를 꿈꾼다. 하지만 결국 "변하는 것만이 영원이고 변해야만 산다는 것"(「감포」)을 겸허히 받아들인다. 이해리는 이상과 현실의 길항 가운데서 끊임없이 고뇌하며, 때로는 상실된 이데아의 회복을 도모하고, 때로는 빠르게 변화하는 세상에 적응하면서 시인이라는 자기존재의 항존성을 유지해나가고자 한다. 그녀의 시는 이 치열한 내적 고투의 빛나는 상흔들이다.

3. 자연을 잃어버린 인간의 소외와 타락

시는 독자에게 감동을 줄 수 있어야 한다. 이해리 시의 참

된 미덕은 감동에 있다. 구체적 체험의 진정성과 인간 존재를 향한 연민의 눈길이 감동을 담보한다. 이해리의 시는 낭만적 자연에서 인공 자연으로, 그리고 그 인공 자연을 배태한 자본주의 사회에서 위축되고 고통 받는 인간 소외의 양상을 향해 가닿는다.

내 단골 미용실 앞길에서 이따금 다리쉼 하는 할부지가 있다
삶의 곡절 얼마나 곡진했는지 허리가 ㄱ자로 굽었다
조선낫보다 더 직각인 허리, 폐휴지 수레 끌고 가다
손잡이에 엉덩이 얹고 휴우 날숨 뱉을 때
자신의 날숨에 꼬부라진 그 몸 다 날아갈 것 같았다
어느 날부터 그 할부지 보이지 않았다
미용실에 물었더니 죽었다 한다
인물 멀쩡한 할머니 하나 주워 함께 살았는데
할머니 얼마나 독한지
수입 없이 오는 날은 집안에 들이지 않았다 한다
그날도 집에 들여 주지 않아 추운 골목 배회할 때
너무 춥겠다고 저승이 주워갔다 한다

—「ㄱ자 할부지」 부분

시인은 "삶의 곡절 얼마나 곡진했는지 허리가 ㄱ자로 굽"은 '할부지'를 바라본다. "단골 미용실 앞"에서 자주 마주치는 걸 보니 몇 집 건너 사는 이웃으로, 폐휴지 주워 겨우 생

계를 잇는 노인인 듯하다. 폐휴지 줍는 노인은 자본주의의 폐해 중 빈부 격차와 고령화 사회의 단면을 뚜렷하게 보여주는 상징적 이미지다. 앞서 언급했던, 근대 도시 파리의 외곽에서 넝마를 주워 먹고살던 넝마주이를 떠올리게 한다.

그런데 어느 날부턴가 노인이 눈에 띄지 않는다. 궁금하던 차에 시인은 노인의 부음을 전해 듣는다. 사연인즉슨 동거하는 '할머니'가 "수입 없이 오는 날은 집안에 들이지 않았"고, 결국 "추운 골목 배회할 때/ 너무 춥겠다고 저승이 주워갔"다는 것이다. 야생의 정글과도 같은 자본주의의 냉혹함은 가장 내밀한 체온의 연대이자 사회의 최소단위인 가정에서마저 그 붉고 희뜩한 이빨을 드러낸다. 낭만적 자연의 시대에 인간은 농경과 목축 등 자연에서 얻는 것들로 나름의 삶을 영위할 수 있었지만, 인공 자연의 시대에선 자신들이 만든 물신에 종속되어 스스로 상품이 되어버렸다. 폐휴지와 맞바꿀 만큼의 노동력을 갖지 못한 대가는 춥고 쓸쓸한 죽음뿐이다. 폐휴지보다도 쓸모없다고 인간을 죽음으로 내모는, 타락한 세상이다. 이해리는 시대의 이 비극적 풍경을 시로서 뜨겁게 끌어안는다.

> 아이섀도 빛 네온사인 아래 여인은
> 새빨간 미니스커트를 입었다
> 손님들은 여인을 건성으로 반가이 맞고
> 여인은 남자의 그것 같이 생긴 마이크를 들고
> 신청곡을 받아들인다

하필이면 곡목이 '우리 어머니'다
다섯 남매 배고플까 허리띠 졸라매고
이 대목에 와서 노래 울컥 멈춘다
돌아서서 한참을 울먹인다
어머니가 그리운가
어머니로 은유된 그 무엇이 서러운가
어제는 2차를 나갔다가
몸만 뺏고 화대도 안 주던
남자에게 뺨까지 맞았다
여자는 울어도 반주는 멈추지 않는다
자신의 노래도 아닌 노래를 밤마다 부르며
그녀가 구하려는 것은 무엇일까

—「노래방 도우미」 부분

이 시도 마찬가지다. 이해리는 자본주의 사회의 어둡고 습한 사각지대에 놓인 사람들을 무심코 지나치지 않는다. 노래방 도우미 역시 폐휴지 줍는 노인처럼 자본의 논리에서 소외된 존재다. "아이섀도 빛 네온사인"은 고도로 성장한 우리나라 자본사회의 '마술환등'이다. 그 마술환등 속 노래방이 시의 배경이다. 노래방 안에서, 이미 상품과 상품의 구매자가 되어버린 '여인'과 '손님들'의 태도는 다분히 거래적이다. "손님들은 여인을 건성으로 반가이 맞고/ 여인은 남자의 그것 같이 생긴 마이크를 들고/ 신청곡을 받"는다.

그런데 손님의 신청곡 제목이 「우리 어머니」다. 노래에

“다섯 남매 배고플까 허리띠 졸라매고”라는 대목이 있던 모양이다. 그 대목 앞에서 도우미는 “노래 울컥 멈춘”다. “어머니로 은유된 그 무엇이 서러”워서 그러는데, ‘그 무엇’은 아마도 ‘어머니’로 함의되는 가족 공동체의 안정감, 고향의 목가적 전원, 노래방에서 일하지 않고도 풍족했던 유년의 행복 같은 것들이리라. 아이러니컬하게도 상품으로서의 여성을 구매하러 온 중년의 남자들이 그 노래를 신청했다. 그 남자들 역시 ‘어머니로 은유된 그 무엇’이 그리운 것이다. 자본주의 사회의 미친 경쟁에서 낙오되지 않으려 기를 쓰고 남을 짓밟으며 돈 버는 기계처럼 굴러가는 삶, 자본의 논리 안에서 타락한 영혼을 ‘어머니’에의 그리움으로 겨우 정화하려 하는 안쓰러운 존재들이다.

아무도 모르게 죽은 사람이 있다
아무도 몰라서 누구도 오지 않았다
악취가 담 너머로 무언의 신호를 보냈으므로
흰옷 입은 구더기 떼만 줄지어 왔다
구더기들은 상여도 없이 그의 살을 떼 매고
시간의 저편으로 떠나고 유품처럼 백골만 남겼다
○○○연립주택 단칸방에서
죽은 지 삼 년 만에 발견된 사람
누구를 기다렸는지 눈이 움푹 들어가고
웃는지 우는지 모를 입은 반쯤 벌어져 있다
백골은 경찰을 데리고 가족을 찾아 나선다

어찌 어찌 연락 닿았지만
가족들은 고개 젓고 문을 닫아버린다
오십 년이 넘게 이 세상에 살았던 사람
왜 누구도 안다는 이가 없을까?

—「무연고 301호」 부분

"아무도 모르게 죽은 사람"들이 너무 많다. 오늘날 우리 사회가 해결해야 할 큰 문제인 고독사 이야기다. "악취가 담 너머로 무언의 신호"를 보낼 때, "흰옷 입은 구더기 떼만 줄지어 왔"다. 인공 자연의 시대에서 쓸쓸히 혼자 죽은 인간을 거두어가는 것은 다시 자연이다. "연립주택 단칸방에서/ 죽은 지 삼 년 만에 발견된 사람"은 나와 무관한 타자일 수 없다. 그 주검은 곧 내 주검이다. 휘황찬란한 서울 강남이 전국에서 고독사가 가장 많이 발생하는 곳이라면 믿을 수 있겠는가? 우리는 이미 사회가 펼친 죽음의 네트워크에 붙들린 자들이다. 언제 어디서든 "아무도 모르게 죽"을 수 있는 확률에 노출된 자들이다.

"가족들은 고개 젓고 문을 닫아버린"다. 이 장면은 너무도 비극적이다. "오십 년이 넘게 이 세상에 살았던 사람"인데 아무도 "안다는 이가 없"다. 오직 시인만이 그 죽음에 의미를 부여하고, "무연고 301호"라고 호명해줄 뿐이다. 이해리는 이 쓸쓸한 주검 앞에서 다시 아날로지의 회복을 꿈꾼다. 인간의 주검을 구더기와 시간이 해체하고 떠메어 자연으로 되돌아가게 하는 장면을 유심히 바라보는 것이다. 이해리는 자연과 인간이, 모든 사물들이 우주의 동일한 리듬 안에서 조화를 이뤘던 세계를 희구한다. 폐휴지 줍는 노인도, 노래방 도우미도, 도우미의 살을 주무르는 사내들도, 무연고자도 모두 '이웃'이라는 이름으로, 하나의 협화음으로 유기적 관계를 맺는 공동체를 소망한다.

이해리의 시는 끊임없이 아날로지를 추구한다. 옥타비오 파스가 말한 '아날로지'는 자연과 사람, 세계를 구성하는 모든 사물들을 하나의 유기체적 우주로 바라보는 인식이다. 이해리의 시는 자연을 향해, 인공 자연을 향해, 소외 받고 상처 입은 사람들을 향해 지속적으로 기울어지며, 그 모든 것들과 유기적 관계를 맺고자 시도한다. 그러므로 우리는 그녀의 시를 교감과 상응의 시학이라고 마땅히 부를 수 있을 것이다. 벌써부터 다음 시집이 기다려진다.